एक शहर बुज़ुर्गों का

लवीना

ZORBA BOOKS

ZORBA BOOKS

Published by Zorba Books, November 2023
Website: www.zorbabooks.com
Email: info@zorbabooks.com
Author Name: लवीना

Title:- एक शहर बुज़ुर्गों का

Printbook ISBN: 978-93-5896-756-2

Ebook ISBN: 978-93-5896-772-2

Zorba Books Pvt. Ltd. (opc)
Sushant Arcade,
Next to Courtyard Marriot,
Sushant Lok 1, Gurgaon – 122009, India

विषय-सूची

प्रिय पाठक,

नमस्कार।

“एक शहर बुजुर्गों का” किताब में आपका स्वागत है। यह किताब एक ऐसे शहर की कहानी है, जिसमें नौजवान पीढ़ी अपने सपनों को साकार करने की कोशिश में है, जबकि उनके बुजुर्ग परिवार सुख-शांति की खोज में हैं। आज की दुनिया में विदेशों में बसेरा बनाना किसी न किसी के लिए सपनों का हिस्सा बन गया है।

इस किताब में हम तीन दोस्तों के साथ चलेंगे, जिन्होंने अपने सपनों की खातिर विदेश की ओर कदम बढ़ाया। क्या उन्होंने अपने सपनों को पूरा किया? कैसे लगा जब वे विदेश गए और अपने परिवार को छोड़कर चले गए? एक देश से दूसरे देश का प्यार कैसे बदल सकता है, और यह नई सोच सभी पर कैसा असर डाल सकती है, इसे हम मिलकर जानने का प्रयास करेंगे।

यह किताब एक नई सोच की ओर हमें बढ़ने का रास्ता दिखाती है, और हम सभी को यह जानने का अवसर देती है कि हमारे संस्कार और परवरिश कितनी महत्वपूर्ण हो सकती है, और क्या हम अपने बुजुर्गों की देखभाल के लिए उनके साथ खड़े रह सकते हैं।

क्या सरकार भी अपने किसान वर्ग की संभाल करने में पूरा-पूरा योगदान देगी, ताकि भविष्य में हम सब के खेतों की हरियाली को सुरक्षित रख सकें? यह भी हम सोचेंगे।

मैं उम्मीद करती हूं कि इस किताब के माध्यम से आपको कुछ नए और महत्वपूर्ण विचारों का जानने का अवसर मिलेगा, और इस किताब को पढ़ कर आपके मन में एक नई सोच का बीज बोएगा।

इस किताब को पढ़ने के लिए आपका धन्यवाद।

आपकी तरफ से,

लवीना

पावती

सबसे पहले मैं आभार प्रकट करती हूं अपने श्री गुरु महाराज जी के श्री चरणों में, जिनकी शरण में जाने के बाद मुझे ज्ञात हुआ कि एक आंतरिक कला जो उन्होंने मुझे प्रदान की है, उसे मैं कलम से कॉपी पर उतारू तथा आप सब तक पहुँचाऊं।

मैं अपने माता-पिता का भी आभार प्रकट करती हूं, जो हमें ऐसे आध्यात्मिक रास्ते से जोड़ते रहे, जहां जाकर मैंने सही अर्थों में जीना सीखा। यदि वो इस राह पर ना चलाते तो शायद अंदर की यह आवाज कभी बाहर ही ना आ पाती और मैं कवित्री ना कहलाती।

मैं आभार प्रकट करती हूं अपने हस्बैंड का तहे दिल से जिन्होंने मेरी इस कला को आप तक पहुँचाया। मैंने तो 3 नवंबर 2002 से लिखना शुरू किया था- पहली कविता से 40 कविताएं तो उस समय तैयार हो गई थी, लेकिन डायरी में बंद थी। अगर रोहित धमीजा उसको यूट्यूब चैनल से आप तक ना पहुँचाता तो शायद में इस क्षेत्र को बंद डेरी में ही सीमित रखती।

में तहे दिल से रोहित धमीजा का शुकराना करती हूं।

दिल की गहराइयों से मैं अपने बच्चों का भी शुकराना करती हूं, जिन्होंने मुझे बिना तंग किये इस कार्य को पूरा करने में मेरा सहयोग दिया और आगे बढ़ने के लिए सबसे ज्यादा उत्साहित किया।

धन्यवाद।

कविता

एक शहर बुजुर्गों का

आओ चलें एक शहर बूढ़ों के, आज से 20-25 साल पुराने,
उन गलियों में, नगरों में, शहरों या कस्बों में
जहाँ मिलते थे सब मस्ताने
गलियों की छतों, चौबारों और चौराहों पर,

उन गर्मियों की छुट्टियों में।

वो रात को सबका बाहर आना,
बच्चों का खेलना,
नौजवानों का बहसा-बहसी मचाना,
बूढ़ों की सभा में पीता शराबी का साइकिल से गिरना,
नाली में सुअर का वो गर्मी को मिटाना,
स्कूलों की टी-टा,
गुसलखाने से बदबू का आना,
बाग बगीचे से वो फल को तोड़कर छुप-छुपकर खाना,
लड़कियों का इमली को देखकर दिल ललचाना,
कहाँ गए वे दिन जो हमने अपने शहरों में बिताए थे?

आज खाली पड़ी है वे गलियाँ

जिनमें हमने रौनकें लगाई थीं।

आज बैट बॉल की आवाज सुनने को शीशे सारे उकसाए हैं,
कच्ची गलियों में न कोई आवाज़ है, सारे दर्द में पिघलाए हैं।
अपने देश की मिट्टी छोड़, विदेश को सब अपना घर बनाए हैं

माँ-बाप इंतजार करते रह गए, बच्चों ने तो खत्म कर दिए वह एहसास सारे हैं।

नहीं कोई किसी का मीत आज,
बन गए, नए अपने और अपने पिछले बेगाने हैं,
बूढ़े बैठे गलियों में, बस देख रहे सब नजारे हैं
हर स्वांस उनका पूछ रहा है,
घुट-घुटकर वे जी रहे हैं,

बस एक प्रश्न वे पूछ रहे हैं - क्यों बच्चे कर गए हमें बेगाने हैं?

हम अकेले बूढ़े रह गए शहरों में,
कहाँ हमारे वे बुढ़ापे के सहारे हैं

कहाँ हमारे वे बुढ़ापे के सहारे हैं?

भाग 1:

तीन मस्ताने दोस्त

आइए चलें 20-25 साल पुरानी उन गलियों कस्बों और जिलों में जहाँ जीवन जीने की अलग खुशबू थी। वक़्त बड़ा ही सख्त होता था पर जीवन को जीने की एक अलग ही कला थी।

गम कोई कम न थे पर सब्र की होती गहरी खाई थी। रोज, प्रतिदिन हमारे माँ-बाप उसमें गोता लगाते थे डूबने की कोई गुंजाइश न थी। आइए उसी 25 साल पुराने गाँव या कह लीजिए छोटे से शहर राजपुरा में चलते हैं - जिला पंजाब, डिस्ट्रिक्ट पटियाला, शहर है राजपुरा। बिल्कुल छोटा सा हँसता-खेलता शहर, जी हाँ पंजाब का राजपुरा।

तीन दोस्त – किरपाल, मनमीत और रणबीर।

किरपाल - मैंने नहीं जाना स्कूल पापा जी!

माँ- क्यों खोते? स्कूल तेरा बाप जाएगा? या फिर बाप वरगा बनना है? गाड़ी चलाकर धूप में रोटी कमानी है?

किरपाल - पापा! प्लीज माँ को बोलो न..

मां- देखो जी, आप बीच में बिल्कुल न आना, मैं कह देती हूँ मुझसे बुरा कोई न होगा।

इतने में दो दोस्तों की आवाज आती है - आ जा किरपाल भाई! देर हो रही है मास्टर जी आज तो पक्का डंडे मार-मार के हाथ सुजा देंगे।

स्कूल..

कमरे के बाहर तीनों के हाथों पर दो-दो छड़ियों के निशान मानो जम से गए। आगे से लेट आए तो स्कूल में तुम्हारी खैर नहीं।

अगली बार पक्का प्रिंसिपल के पास चलने की पूरी तैयारी करके आना।

फिर आगे जो होगा वह तुमको उसी समय पता चलेगा कि लेट आने और न पढ़ने का क्या नतीजा होता है? चलो अंदर।

जैसे ही पहले पीरियड की घंटी बजती है पंखा गुल, हाय मास्टर जी! यह क्या हुआ?

मनमीत- मास्टर जी! गला सूख रहा है। मास्टर जी! पानी पीना है, प्लीज जाऊँ?

इस तरह फिर दूसरा, तीसरा..... एक आता है, दूसरा जाता है- कोई पानी पीने तो

कोई एक्स्ट्रा बाहर निकालने!

घंटी बजी छुट्टी....... लो जी हो गया स्कूल पूरा।

चलो यारों! देर न लगाओ शाम को याद से आ जाना मैदान में बैट बाल के साथ।

मनमीत - मास्टर जी का दिया काम भी तो करना है।

रणबीर - मेरी माँ तो आज निकलने नहीं देगी।

- तो आज खेलना बंद है क्या?

मनमीत - नहीं यारों! पहले घर चलते हैं, स्कूल का काम पूरा करते हैं फिर पुरानी जगह पर मिलते हैं।

किरपाल घर पहुँचते ही, माँ! बड़ी भूख लगी है।

माँ - स्कूल कैसा रहा? काम पूरा किया? परीक्षा आ रही है, पढ़ना शुरू कर दे, सिलेबस न हुआ तो तेरी खैर नहीं।

आज पढ़कर बिजली वाले को बुला लेना, पानी की टंकी खराब हो गई है, पानी नहीं उठा रही है।

किरपाल - यह क्या माँ! तुम्हारा भी जवाब नहीं है, एक तरफ कहती हो पढ़ो तो

दूसरे पल उसी समय घर के काम की भी जिम्मेदारी लगा देती हो। टीचर से 5:00 बजे का समय लिया था कुछ मुश्किलें हल करनी थीं।

ठीक है मैं टीचर से कल पढ़ाने के लिए कह देता हूँ और आज तुम्हारा काम कर देता हूँ।

माँ - निकम्मा कहीं का, जा पढ़, मैं खुद ही कर लूँगी काम, नालायक औलाद।

किरपाल - तो तू ही बता मैं क्या करूँ?

माँ - जा पढ़, भाग जा यहाँ से।

मनमीत घर जाते ही......

माँ -आ गया बेटा?

मनमीत - आ गया माँ,

माँ -आज तेरे चाचा-चाची की शादी की सालगिराह है, तू चलेगा न शाम को आज?

मनमीत - माँ आज बहुत काम है, परीक्षा पास आ रही है, सब कुछ पढ़ा है, मैं समय नहीं निकाल पाऊँगा, मैं तुम्हें भी यही सलाह दूँगा कि तुम भी मत जाओ।

माँ - ठीक है पुत्तर जी, मेहनत करो, रब जी तुम्हारे साथ हैं, यह दुनिया बहुत बड़ी है मनमीत, पढ़-पढ़कर आगे बढ़, यह दुनिया तेरा इंतजार कर रही है। एक बार मौका छूट गया, फिर पछताना पड़ेगा इसलिए समय का पूरा लाभ उठा ले, क्योंकि पैसे के बिना भी जिंदगी नहीं है।

रणबीर – माँ! मैं आ गया बहुत थक गया हूँ।

माँ - चल खाना खा ले।

रणबीर - भूख नहीं है, आज मास्टर जी ने बहुत काम दिया है, अगर समय पर न किया तो सजा निश्चित है।

माँ - सच कह रहा है या बहाने मार रहा है?

रणबीर - मां! सच में मैं सीरियस हो गया हूँ, मुझे पढ़ाई की बहुत चिंता है, इस बार तो देखना मां! मैं दिल लगाकर पढ़ाई करूँगा और बहुत अच्छे नंबर लाकर बहुत अच्छे कॉलेज में जाऊँगा।

माँ - सही है, यही उम्मीद मैं तेरे से करती हूं।

रणबीर - मुझे विदेश जाने का बड़ा शौक है माँ! मनमीत की माँ तो मनमीत को बहुत समझाती है कि बाहर जाओ और दुनिया देखो पढ़-लिखकर अच्छे इंसान बनो। माँ मेरा सपना पूरा हो जाएगा न?

माँ -यह कैसी बातें कर रहा है रणबीर? तू अपनी माँ को छोड़कर चला जाएगा? इतनी दूर? मेरे बिना? मैं तुझे नहीं जाने दूँगी, अपने पल्लू से बाँध कर रखूँगी।

रणबीर मुस्कराकर -अच्छा अभी तो खाना दे दे, बस मैं फिर पढ़ने जाऊँ।

कुछ समय बाद तीनों दोस्त आ जाते हैं घर से दूर खेल के मैदान में और शुरू खेलना! जीवन की वही मस्ती, ठंडी हवा में घूमना, बड़े-बड़े सपनों को पकड़ने की योजना बनाना और मेहनत बिल्कुल नहीं करना! आगे जाने के ख्वाब मानो जैसे खींच रहे हों बस समय का इंतजार हो रहा हो। खुलकर खूब मस्ती करनी, पढ़ना इतना जितने में बस अगली कक्षा में निकल जाएँ। मास्टर जी को भी 33 का 35 करना पड़ता।

धीरे-धीरे दसवीं की पढ़ाई शुरू, जवानी की दौड़ में कदम, अब थोड़ा ठहराव शुरू, थोड़ी अलग सोच, कम बोलना, छत पर बैठना, सितारों को देखना, आसमान से बातें करना और एक ही ख्वाब कब कैसे हम विदेश जाएँगे कुछ तो अच्छा होगा। हमारे लिए कहीं तो मंजिल पुकारती होगी। हमको भी कुछ करना चाहिए यारों.... हमें आगे जाना है।

कविता

सपने-अपने लक्ष्यों की ओर एक कदम!

जिंदगी तुम से उम्मीद बँधी,

कुछ कर गुजरने की,

अंदर एक लहर सी उठी,

वो जो सोचा हमेशा पाने के लिए मैंने,

वह वक्त आज आ रहा है,

मुझे अपने में समाने के लिए।

ले चल दूर कहीं अलग दुनिया में,

जहाँ बुने सपने, साकार करूँ,

ए जिंदगी! तुझे अच्छे से जीने के लिए,

मेहनत करने के लिए खुद को मैं तैयार करूँ!

जिस वक्त की मुझे चाहत है,

ए जिंदगी! बस मुझे एक मौका दे दे,

मुझे कुछ अलग कर गुजरने की एक चाहत है,

बस एक, सिर्फ एक मौका दे दे।

सपने बहुत सजाए मैंने,

कुछ खास पाने के लिए,

सिर्फ एक मौका दे दे,

उन्हें साकार बनाने के लिए।

ए जिंदगी! तू एक मौका दे दे, उन्हें साकार बनाने के लिए।

किरपाल - बस अब पढ़ना शुरू कर देना है।

मनमीत - तीनों कभी साथ नहीं छोड़ेंगे एक साथ जिंदगी के नए रास्तों पर कदम बढ़ाएँगे।

रणबीर -(हँसकर) यार विदेश जाना आसान नहीं, बड़ी मेहनत करनी पड़ेगी नहीं तो दूसरा तरीका है कि पढ़ाई के बेस पर जाओ और बचे हुए समय में, वॉचमैन, गेटकीपर, स्वीपर का काम करके या फिर होटल में ड्यूटी करके कमाओ और पढ़ाई भी करो। यह इंडिया नहीं जहाँ आराम से तारों को देखो, कुल्फी का आनंद लो, सर्दी में जलती लकड़ियों पर आलू गरम करो या पानी की बाल्टी गरम करो और नहाओ, कुछ भी न कर के यहाँ माँ-बाप के राज में मौज करो। बहुत मुश्किल है वहाँ की लाइफ, अगर पढ़ गए तो बन गए, नहीं तो पता नहीं क्या होगा। साइंस का कल नया टीचर आ रहा है, चलो सो जाते हैं 12:00 बज चुके हैं। इतने में माँ की आवाज आती है, " बहुत लेट हो गए अब सो जाओ कल स्कूल भी जाना है" इस तरह तीनों दोस्त सो जाते हैं और सुबह स्कूल जाने की तैयारी शुरू।

साइंस का पीरियड लगता है, नए टीचर का आना होता है। तीनों दोस्त उस टीचर को बड़े ध्यान से देखते हैं। टीचर का ध्यान भी इन तीनों बच्चों की ओर खिंचा चला जाता है। जैसे ही ब्लैकबोर्ड पर टीचर कुछ लिखने के लिए मुड़ते हैं फिर नई शरारत शुरू।

टीचर - " यह क्या हो रहा है? क्यों इतनी हलचल है कक्षा में? इस तरह तो पढ़ने का कोई फायदा नहीं। सब बच्चे अपने विषय पर ध्यान केंद्रित करें, और मैं ब्लैकबोर्ड पर जो लिखने जा रहा हूँ उसको समझने की कोशिश करें।"

टीचर के इतना समझाने पर भी, कृपाल, मनमीत और रणबीर अपनी शरारतों से बाज नहीं आते।

गुस्से से टीचर ने चॉक नीचे फेंका और अपने शब्दों पर नियंत्रण रखते हुए तीनों को आवाज लगाई -" तीनों खड़े हो जाओ, आप तीनों की बहुत प्रशंसा सुनी है, अनुशासन का अर्थ तो पता ही होगा, अब इतना वक्त भी नहीं कि मैं तुम्हें इसका अर्थ समझाऊँ बेहतर है समय को न गँवाते हुए उसका सदुपयोग करो। कक्षा में आप तीनों पर मेरी खास नजर रहेगी, अगर कुछ गलत हुआ मुझसे बुरा कोई नहीं होगा!"

"आज का यह पीरियड मैं तुम्हें कुछ शिक्षा देना चाहता हूँ, शायद तुम्हारी जिंदगी में यह शिक्षा कुछ बदलाव ला सके। इनको जीवन में अमल कर आगे बढ़ना और अपनी जिंदगी संभाल लेना, बाकी आपकी जिंदगी के आप खुद ही मालिक हो हम तो समझा सकते हैं, करना या न करना सब आप बच्चों पर निर्भर करता है।"

"जीवन में सिर्फ एक बार पूरा जोर लगा दो कोई कसर न रहे ये मान सम्मान सब चीजें एक न एक दिन तुम्हारे पीछे भागेंगी, इनको भागने का मौका तुम्हें देना है। याद रखो बच्चों अगर अभी इस उम्र में जोश दिखाओगे तो होश खो बैठोगे। मन पर काबू नहीं पाओगे तो यह घूमना फिरना खाना-पीना, ऐशो आराम, बंगला, गाड़ी की सवारी, यह थोड़ी देर का ही धोखा है जो मन अभी दे रहा है, मंजिल तो बहुत दूर है उसके लिए इन चीजों के सपने नहीं बल्कि सचमुच की मेहनत पर जोर देना होगा, हाँ बच्चों, सचमुच की मेहनत, ऐसी मेहनत जिसमें तुम खो जाओ, तुम्हें कुछ नहीं देखना है न खाना, न पीना, न दिन न रात, न मैं न तुम, कुछ नहीं सिर्फ मेहनत करनी पड़ेगी, तभी यह ऐशो-आराम समय आने पर तुम्हारे पीछे-पीछे भागेगा।

इस समय यह सपने दिखाकर तुम्हें तुम्हारी मंजिल तक बढ़ने से रोक रही है। अगर इन पर ध्यान दोगे तो भटक जाओगे और ध्यान हटाकर अगर मेहनत करोगे तो सब चीजें तुम्हारे कदम चूमेंगी। बड़ी से बड़ी गाड़ी, एक फ्लाइट के बाद दूसरी फ्लाइट तुम्हारा इंतजार करेगी, लेकिन पहले मेहनत है इसलिए बचपना छोड़ दो और आगे बढ़ो, जिंदगी बेसब्री से तुम्हारा इंतजार कर रही है। जाओ बच्चों! पढ़-लिखकर इसे गले लगा लो, पता नहीं फिर कब, कहाँ और कैसा जीवन मिलेगा। मिले हुए वक्त का फायदा उठाना ही बुद्धिमत्ता है, परिश्रम ही असली पूंजी है, जागो और मेहनत कर अपना जीवन सफल बनाओ।" -

इस तरह अध्यापक कक्षा से चला जाता है, सारी कक्षा चुप, एकदम शांत।

भाग 2:

एक नया मोड़

देखा एक निश्चित वक्त होता है, पासा कब पलट जाए कोई नहीं जानता, जीवन की एक घटना सारे जीवन की कहानी को बदल देती है। तीनों दोस्तों की तो बोलती ही बंद हो गई थी। जैसे जीवन को किसी ने कस कर पकड़ लिया था, एक-एक शब्द उनके कानों में गूँज रहा था। सही ही तो है, इतना वक्त हमने गँवाया, अब बाकी का वक्त संभालना चाहिए, हमें थोड़ी मेहनत करके इस बचे हुए वक्त की कदर करनी चाहिए।

किरपाल - मम्मी हमेशा कहती है - सोना ऐसे अपनी चमकते रूप में नहीं आता, भट्टी में जलना पड़ता है, तभी पिघलकर आकार में बदलता है और उसकी सुंदरता को चार चाँद लगते हैं, इसी तरह मेहनत है, जितनी करेंगे उतनी रंगत निखरेगी।

बस अब क्या, बदल गए तीनों शरारती निकम्मे, बन गए असली बंदे। देखा कैसे कोई बात दिल को छू जाती है, उस शब्द को सुनने वाले कानों का इंतजार होता है। शब्द भी केवल उसी व्यक्ति का इंतजार करते हैं जो उन शब्दों को रोम-रोम में

बसाकर अपना जीवन बदलने के लिए तैयार होते हैं, वरना कोई किसी का भी लिखा बदल नहीं सकता।

अब बड़े सारे हैरान, गर्मियों में तीनों के मां-बाप बाहर मंजी पर बैठे थे। एक बाबा जी बोले -

“सारी गली सुनसान हो गई, तुम्हारे बच्चे बड़े गंभीर हो गए, नजर ही नहीं आते। न हँसी न मजाक, न शोर-शराबा, क्या हुआ सब ठीक चल रहा है? थोड़ा ध्यान रखो, वक्त बड़ा सख्त है, जमाना बिगड़ रहा है, कहीं पढ़ाई-पढ़ाई कहते कुछ और बात न हो। आजकल के बच्चों का कोई भरोसा नहीं, कहते

कुछ हैं, करते कुछ हैं। मैं तो अपनी उम्र के हिसाब से बात कर रहा हूँ अगर बुरा लगे तो माफी। "

किरपाल के पापा - "नहीं-नहीं बाबा जी, आपने कुछ गलत नहीं कहा, जैसा वक्त चल रहा है, हर कोई इस वक्त से डरता है। चिंता मत करो, वाहेगुरु जी सब अच्छा करेंगे। आप सो जाओ, रात बहुत हो गई है।"

बाबा जी सो गए, तीनों बच्चों के माता-पिता चुपचाप गहरी सोच में थे।

क्या करें, कुछ कहें या न कहें, जो होगा दसवीं का नतीजा बता ही देगा। अगर बार-बार इसी विषय पर बच्चों से बात करते रहेंगे तो बच्चों को ऐसा लगेगा कि

माँ-बाप को हम पर विश्वास ही नहीं रहा। बार-बार शक की नजर से देखना कोई बुद्धिमत्ता नहीं है।

रणबीर की माँ - देखो जी, ऐसा नहीं कि हम इस दौर से नहीं गुजरे, सभी इस उम्र के पड़ाव को पार करते हैं, थोड़ा सब्र जरूरी है। बच्चों पर हमारा विश्वास ही उन्हें कामयाबी के शिखर पर ले जाएगा ऐसा मेरा विश्वास है!

मनमीत के पापा - हाँ यारों, भाभी जी ठीक कह रही हैं, बच्चों पर विश्वास जरूरी है, अब बच्चे बदल भी गए हैं, कोई पैसा माँगना, घूमना फिरना, यहाँ तक कि देर तक सोना भी उन्होंने छोड़ दिया है। यह सब सही दिशा की ओर संकेत दे रहे हैं। हमें अपने बच्चों पर भरोसा करना चाहिए। विश्वास में बड़ी शक्ति है। अगर हम ही अपने बच्चों को मौका नहीं देंगे, तो कौन देगा? हमें बच्चों को थोड़ा समय देना चाहिए।

किरपाल के पापा - यारों एक बात और मेरे दिमाग में आती है, क्या हमें इनको इतना पढ़ाना चाहिए? मान लो यह खूब पढ़े और अफसर भी बन गए तब आगे क्या होगा?

रणबीर की माँ - यह तो बहुत खुशी की बात होगी, सुबह दफ्तर जाएँगे शाम को बड़ी गाड़ी में वापस आ जाएँगे। आप भी मौज करेंगे और हमें भी चैन से जीने को मिलेगा।

किरपाल की माँ - अगर इनकी यह पढ़ाई बच्चों को हमसे दूर ले गई तो क्या होगा जी?

मनमीत के पापा - क्या मतलब है जी, आप क्या कहना चाहती हैं स्पष्ट शब्दों में कहिए?

किरपाल की माँ - मैं अपने बच्चों को अपनी आँखों से दूर नहीं जाने दूँगी।

मनमीत की माँ - दूर क्या होता है? आप गलत कह रही हैं, कुदरत ने इतनी खूबसूरत दुनिया बनाई है, अगर हमने यह दुनिया नहीं देखी तो क्या बच्चे भी न देखें? जमाना बदल रहा है, जो हम नहीं देख पाए हमारे बच्चे क्यों न देखें? पहला जमाना कुछ अलग था, न ऐसी समझ थी, न पैसा था, सोच भी बहुत अलग थी। अब हम अगर नहीं बदले तो कब बदलेंगे? इसलिए अपने दिमाग को खोलो और बच्चों को आगे बढ़ने की ओर प्रेरित करो, इसमें ही हमारी और इनकी भलाई है।

पंख देकर उनको उड़ने दो, उड़ते हुए पक्षी को देखकर कितना आनंद मिलता है यह तो हम सब जानते ही हैं।

हमें अपनी जिम्मेदारी को ईमानदारी और शानो-शौकत से निभाना चाहिए, ताकि बच्चे हमेशा हमें इज्जत की नजर से देखें।

मैं तो आप सब से यही विनती करूँगी हमें वही करना चाहिए जो हमारे बच्चे करना चाहते हैं। अगर पढ़-लिखकर विदेश जाना चाहते हैं, बढ़िया बात है, वे भी दुनिया देखें और हमें भी दिखाएँ, इसमें कोई गलत बात नहीं है।

मनमीत के माता-पिता के विचार सुनकर, रणबीर और कृपाल के माता-पिता चुप हो जाते हैं और सब सोने के लिए अपने-अपने घर चले जाते हैं। सुबह का इंतजार करते हैं।

कृपाल की माँ - बेटा आज बड़ी जल्दी तैयार हो गया? आज मैंने तेरे लिए मक्की की रोटी और सरसों का साग बनाया है, इकट्ठे बैठकर आज नाश्ता करते हैं।

कृपाल- मेरी प्यारी माँ, जल्दी से पैक कर दे, मैं दोस्तों के साथ आधी छुट्टी में खा लूँगा अभी जल्दी में हूँ।

बस इतना कहकर, कृपाल बैग बनाता है और रोटी का डिब्बा उठाकर माँ के पैरों को हाथ लगाकर स्कूल की तरफ चल पड़ता है।

मनमीत दोपहर को घर आता है, माँ पानी लेकर उसके पास जाती है और कहती है - बेटा तू थक गया होगा?

मनमीत - हाँ माँ गर्मी तो बहुत है पर तू चिंता न कर, मैं बिल्कुल ठीक हूँ, तू जा आराम कर मैं खाना डालकर खा लूँगा और ट्यूशन जाने से पहले तेरी चाय भी बना दूँगा। तू थक गई होगी सारा दिन काम करते-करते, घर संभालना आसान काम नहीं है।

मनमीत की माँ - ठीक है, मुझे लग रहा है जैसे मैं कोई सपना देख रही हूं

मनमीत - नहीं तू कोई सपना नहीं देख रही, जा आराम कर मैंने ट्यूशन पढ़ने जाना है।

रणबीर की माँ - आ गया स्कूल से,

रणबीर- माँ थोड़ी देर आराम करके पढ़ने जाता हूँ, आज बहुत काम है।

माँ - ठीक है बेटा!

इस तरह तीनों दोस्त पढ़ाई की ओर अपना कदम बढ़ाते हैं और जीवन को अच्छा बनाने के प्रयास में जुट जाते हैं।

दसवीं में बच्चों में उनका नाम अव्वल दर्जे पर आता है, जिसके फलस्वरूप उन्हें नॉन मेडिकल क्षेत्र में अच्छे स्कूल में दाखिला मिलता है। 12वीं में भी वे अव्वल नंबर से आगे निकलते हैं जिसका नतीजा यह निकलता है कि तीनों दोस्त एनआईटी जालंधर के बेस्ट कॉलेज में सिलेक्ट हो जाते हैं जो कि उस समय का एक काफी अच्छा कॉलेज माना जाता था। तीनों दोस्त और उनके माँ-बाप बहुत खुश होते हैं।

परन्तु मनमीत के घर की हालत ज्यादा अच्छी नहीं होती। मनमीत के माता पिता मध्यवर्ग श्रेणी में आते हैं। उसकी मौसी और अन्य रिश्तेदार कनाडा में रहते हैं। मनमीत के पिताजी ट्रक के टायर का व्यापार करते हैं और माता भी दर्जी का काम करती हैं। लेकिन थायराइड और त्वचा संबंधी बीमारियों के कारण वे अधिकतर उलझी रहती हैं। इसलिए परिस्थिति सामान्य नहीं होती है। मनमीत इस बात को अक्सर सोचता है, अगर मेरे पिताजी और मौसाजी एक जैसा काम कर रहे हैं - दोनों व्यापारी हैं, फिर मेरे पिताजी की आमदनी

इतनी कम क्यों और मौसा जी की कई गुना ज्यादा क्यों? वे कनाडा में रहते हैं और हम इंडिया में रहते हैं। जब-जब मौसी आती हैं वे ऐसे गिफ्ट लाती हैं जिनकी हम कल्पना भी नहीं कर सकते।

वहाँ और यहाँ की जिंदगी में इतना अंतर क्यों? मेहनत के घंटे तो बराबर हैं लेकिन हमारी आमदनी इतनी कम क्यों? यह बात उसको बहुत खटकती थी इसलिए उसने 12वीं के बाद ही कनाडा जाने का निर्णय लिया और वह आईलेट्स को

पास कर डिप्लोमा के बेस पर ही मौसी के पास रहने चला जाता है।

इधर 4 साल की पढ़ाई में किरपाल और रणबीर खूब मन लगाकर पढ़ते हैं, माँबाप को भी अच्छा लगता है क्योंकि पढ़ाई के साथ-साथ वे माँ-बाप को भी समय-समय पर मिलने आते हैं, अपने जीवन में मस्ती भी खूब करते हैं।

आखिरी साल की पढ़ाई में कंपनियाँ आती हैं और दोनो दोस्तों का चुनाव हो जाता है। उनकी खुशी का ठिकाना नहीं रहता। कृपाल कनाडा की कंपनी में सिलेक्ट होता है और रणबीर मुंबई में बहुत अच्छी कंपनी में चुना जाता है। अब ये बच्चे गाँव से निकलकर अपना भविष्य बनाने इन शहरों की ओर बढ़ते हैं।

आज दोनों को सही अर्थों में पढ़ाई की महत्ता नजर आती है।

कविता

शिक्षा है मानव का आधार

पढ़ना-लिखना जीवन का आधार है,

माँ-बाप तो जन्म देते हैं,

पर ज्ञान हमारे व्यक्तित्व को सुधारने का असली औजार है।

सरस्वती ऐसे मिलती नहीं,

जिनको मिली, उन से बढ़कर भाग्यशाली कोई इंसान नहीं,

सही मायने में वही बच्चा असली कुबेर की खान है।

इसीलिए मुकद्दर से माँगो अगर तो, शिक्षा को माँगना है,

इससे ऊपर न कोई और होगा,

जीवन का यही बहुमूल्य गहना है।

शिक्षा ही जीवन का आधार है,

यही मानव की असली पहचान है।

इसे अपना लो जीवन में,

यही तो मानव की असली शान है।

–

इस लेसन का यही एंड होता है।

अब प्रश्न उठता है जब हमने माना हुआ है गाँव का जीवन इतना सुखमय, हरियाली से भरा, सब सगे संबंधियों का साथ, साथ मिलकर खाना-पीना, शुद्ध ताजी हवा है, तो तीनों दोस्त बाहर क्यों जाना चाहते हैं, गाँव ही क्यों नहीं?

आइए भाग 3 में प्रवेश कर इन सब प्रश्नों का हल ढूँढ़ें और गाँव की हालत पर भी दृष्टि डालें कि क्या बदलाव लाता है, नौजवानों का गाँव को छोड़ना।

भाग 3:

गाँव का खाली होना

यह बिल्कुल सच है कि गाँव का जीवन खुशहाल और हरा-भरा होता है। लेकिन यह भी सच है आज से 20-22 साल पहले जमींदार होते थे। जमींदार अपनी जमीन पर किसानों से काम लेते थे, बारिश का न होना या बाढ़ का आ जाना, सूखा पड़ना, इस तरह की प्राकृतिक विपदा होती कि जिन किसानों की अपनी जमीन होती वे भी जमींदारों के पास गिरवी रखते और जमींदार ब्याज ले-लेकर उन किसानों का शोषण करते रहते थे और किसान सारी जिंदगी अपनी जमीन वापस नहीं ले पाते थे। किसान बेचारा नीचे का नीचे रह जाता, वह कभी ऊपर नहीं उठ पाता था। अपने गहने, घर तक गिरवी रखने पड़ जाते थे। बस यही कारण नहीं और भी कई कारण थे, गुलामी की जंजीरों के।

दूसरा कारण यह था कि इंडिया में इतनी पढ़ाई करने पर भी वेतन का उसी अनुसार मिलना बहुत मुश्किल था।

तीसरा कारण - भारत की पढ़ाई का तरीका नंबरों पर ही आधारित है। सिर्फ नंबरों की ही कीमत है लेकिन बाहर की पढ़ाई ऐसी नहीं है। वह लिखित की अपेक्षा व्यावहारिकता पर आधारित है जो जीना सिखाती है और पढ़ाई की कीमत को भी बताती है।

चौथा कारण - पंजाब का माहौल है। अधिकतर बच्चे नशीले पदार्थों के सेवन में उलझे रहते हैं। माँ-बाप इन बातों से बहुत डरते हैं कि बच्चे का भविष्य बनने की बजाय बिगड़ने का खतरा ज्यादा है इसलिए वे बच्चों को बाहर जाने से रोक नहीं पाते हैं।

पाँचवाँ कारण- बच्चों के बाहर जाने का कारण पंजाब की सामुदायिक सहायता है। लोग भावात्मक हैं एक दूसरे की मदद करने के लिए हमेशा तैयार रहते हैं। जब एक बच्चा बाहर चला जाता है तो वह परिवार के अन्य

सदस्यों को भी बाहर जाने के लिए प्रेरित करता है और मदद करता है। इसलिए चाचा, मामा, तायाजी के बच्चे भी एक-दूसरे को देखकर इंडिया को छोड़ बाहर बसने लगते हैं। इस प्रकार बाहर जाना आज के बच्चों के लिए एक प्रेरणादयक बिंदु बन गया है।

मनमीत तो 12वीं के बाद घर के हालातों को मद्दे नजर रखते हुए अधूरी पढ़ाई के साथ कनाडा चला गया था। अब ये दोनों बच्चे अपने गाँव के उस समय के पहले दो बच्चे थे, जो पूरी पढ़ाई कर के गाँव को छोड़कर दूर जा रहे थे। ख़ुशी के मारे पूरा गाँव झूम उठा था। सरपंच ने यह फैसला लिया कि पूरा गाँव बस में भरकर एयरपोर्ट तक इन दोनों बच्चों को विदाई देने जाएगा।

इस तरह ये दोनों बच्चे जहाज पर सवार होने वाले उस गाँव के पहले दो बच्चे थे जिन्हें आदरपूर्वक जहाज पर भेजा गया।

इस तरह कृपाल कनाडा और रणबीर मुंबई पहुँच गया।

अब इन बच्चों का उदाहरण पूरे गाँव के हर घर में दिया जाने लगा। हर माँ-बाप अपने बच्चे को यही शिक्षा देता कि रणबीर, किरपाल और मनमीत की तरह बनो और अपने माँ-बाप का नाम रोशन करो।

इतना ही नहीं कई बार जो बच्चे बिगड़े हुए थे या कुछ सलाह की जरूरत होती थी उनके माँ-बाप अपने बच्चों को लेकर इनके घर चले जाते थे और उनके माँ-बाप के साथ बच्चों की परेशानियों का हल ढूँढ़ने को कहते थे। फिर मनमीत, रणबीर और कृपाल के माँ-बाप उन बच्चों को अच्छे से समझाते थे और उनकी तरह बनने के लिए प्रेरित करते थे। इस तरह न जाने कितने बच्चे सही राह पर चलने लगे और आगे बढ़ते गए।

समय यूं ही बीतता गया.......

इस तरह लोगों ने बच्चों को जीवन में शिक्षा की महत्ता को समझाते हुए आगे बढ़ने की ओर प्रेरित करना शुरू कर दिया।

लेकिन यह बात भी सच है कि हर इंसान की किस्मत में विद्या नहीं होती। कुछ बच्चे पढ़ाई में तेज होकर बाहर जाने की इच्छा को पूरा करने लगे तो दूसरी ओर किस्मत के मारे और अभागे लोगों पर भी बाहर जाने का भूत सवार हो गया।

माँ-बाप के पास पैसा हो या न हो, खुद में भी कोई काबिलियत हो या न हो, पर विदेश तो जाना ही है।

छोटे शहरों की यह एक खासियत है कि देखा-देखी को बड़ा बढ़ावा मिलता है। लोग इस चीज से बड़े प्रभावित होते हैं। उदाहरणस्वरूप अगर एक व्यक्ति छोले के सूप बनाने की दुकान में तरक्की कर रहा है तो कुछ ही हफ्तों में और लोग भी इसी काम को अपनी रोजी-रोटी का साधन बनाने लग जाते हैं। इस उदाहरण से अभिप्राय यह है कि लोग देखा-देखी पर बहुत विश्वास करते हैं, वे यह नहीं देखते कि उनमें वह काबिलियत है भी या नहीं कि वे छोले का वैसा सूप बना पाएँगे या नहीं, लेकिन अगर एक आदमी उस काम में तरक्की कर रहा है तो 10 व्यक्ति वही काम उठा लेंगे। बाहर जाने की होड़ में भी यही हालत हुई।

अब माँ-बाप के सिर पर यह एक और परेशानी आ गई। खाली बैठा बच्चा भी सिर्फ बाहर जाने की ज़िद पर अड़ा हुआ था। माँ-बाप मरते क्या न करते। गहने, जमीनें, मकान सब गिरवी रखने पड़ते थे। अब हर जगह छोटे-छोटे शहरों में आईलेट्स की पढ़ाई के सेंटर खुलने लगे। खाली बैठे बच्चों के बाहर

जाने की उमंग को रोशनी की किरण मिली और बाहर जाने की होड़ शुरू हो गई क्योंकि इन बच्चों के दिमाग में सिर्फ और सिर्फ एक बात घर कर गई थी कि बाहर जाकर पैसा कमाना है। माँ-बाप को अभी जो मुश्किल हो रही है वह थोड़े समय की ही है क्योंकि बाहर जाकर वे जो पैसा कमाएँगे उसे माँ-बाप के पास ही तो भेज देंगे। बाद में इन्हें सुख ही सुख मिलेगा। इस तरह बहुत बड़ी संख्या में बच्चे अपने देश से निकलते गए और गाँव के गाँव खाली होते गए।

जिसका नतीजा यह निकला कि गाँव में बुजुर्ग लोग ही दिखने लगे। एक और राजनैतिक कारण भी गाँव की हालत पर प्रकाश डालता है। जैसे कि हम सभी जानते हैं सरकार को भी जहाँ वोट मिलने की आशा होती है, नौजवानों की संख्या दिखती है वहाँ गाँव की शक्ल, सड़कें और नक्शा तक बदल जाता है, लेकिन अब नौजवान बच्चों की कमी थी, वोट की उम्मीद कम थी तो गाँव की हालत भी खस्ता हो गई थी। स्कूल बनने की ज्यादा जरूरत अनुभव न हुई। 12वीं के बाद कॉलेज तक आते-आते बच्चे पहले आईलेट्स की तैयारी में जुट जाते थे। इस तरह पैसा कमाना ही नौजवान पीढ़ी का एकमात्र उद्देश्य बनने लगा। किसी को भी दूसरे पलड़े में बुजुर्गों का एहसास न आया कि उनका आगे क्या होगा, हम क्या यह ठीक कर रहे हैं क्योंकि जो एक बार यहाँ से चला गया पैसा तो जरूर भेज देता लेकिन मुड़कर आने का जो वायदा करता वह भूल जाता, माँ-बाप इधर इंतजार ही करते रहते।

जो बच्चे छोटी नौकरियों पर जाते हैं जैसे कि कार साफ करना, बर्तन साफ करना, वेटर का काम करना और साथ में अपनी पढ़ाई का खर्चा भी निकालना, उनमे से कुछ बच्चों के लिए बहुत मुश्किल हो जाता था कि वह अपना गुजारा भी निकालें और माँ-बाप के पास भी पैसे भेजें। इस कारण वे माँ-बाप बिचारे कर्ज के बोझ तले ही मर जाते और यह बच्चे धीरे-धीरे वहाँ

अपनी गृहस्थी बना लेते हैं, वहाँ की रेसिडेंसी लेकर अपना जीवन निर्वाह शुरू कर लेते हैं।

इन तीन दोस्तों की नौकरी अच्छी चल रही थी। खूब तरक्की पर थे। अब 4 साल नौकरी को हो गए। कृपाल और मनमीत के माता-पिता बच्चों को बुला-बुलाकर थक गए थे-"एक बार आ जाओ तुम्हारी शक्ल देखने का मन करता है।" उधर रणबीर फिर भी 3 महीने में एक बार मुंबई से चक्कर लगा लेता था। माँ-बाप से मिल आता था वही मनमीत और कृपाल के माँ-बाप की खबर लेकर उन्हें देता रहता।

अक्सर तीनों की कॉन्फ्रेंस मीटिंग होती रहती थी, रणबीर दोनों दोस्तों को उनके माँ-बाप की हालत बताता रहता था और आने के लिए भी कहता था। लेकिन कृपाल और मनमीत दोनों का एक ही कहना होता था कि अभी आना मुश्किल है, काम का बोझ बहुत ज्यादा है और जब-जब काम कम होता है तो टिकट बहुत महंगी होती है, इस चक्कर में अभी तक आने का कोई भी संयोग नहीं बन पाया है।

भाग 4:

बच्चों का स्वार्थी होना

एक रात कृपाल की माँ को दिल का दौरा पड़ जाता है।रणबीर यह खबर कृपाल को ईमेल के द्वारा भेजता है उसकी माँ हॉस्पिटल में आख़िरी घड़ियाँ गिन रही है और हर श्वास में उसको पुकार रही है। कृपाल अगले 4 घंटे बाद उसकी मेल का जवाब देते हुए कहता है “कृपया तू तो मेरी माँ के पास चला जा, उसकी संभाल में पैसे का पूरा इंतजाम मैं कर दे रहा हूँ। रणबीर सुबह की पहली फ्लाइट से सीधा हॉस्पिटल पहुँचता है और वहाँ के फोन द्वारा कृपाल से बात कराता है और बेटे से बात करते-करते माँ स्वर्ग सिधार जाती है।

कृपाल को बहुत दुख लगता है, आखिरी समय में भी वह अपनी माँ को न देख पाया। माँ उसे बुला-बुलाकर थक गई, वह अपनी माँ की इच्छा को पूरा करने में असफल हो जाता है। यह सब किसके लिए? पैसे के लिए? अपनी पहचान के लिए और अपने रुतबे के लिए? जो कि समय के साथ नश्वर है। अंतिम संस्कार के लिए भी उसने रणबीर को आगे किया।

जिन माँ-बाप ने पढ़ने लिखने में कोई कसर नहीं छोड़ी, आज वही बाद में और नौकरी पहले है। पैसा शोहरत सब आगे है। क्या फायदा है इन मायावी पदार्थों का, जो अपनेपन का एहसास को भी दबा दे। यहाँ यह कहना गलत है कि किरपाल और मनमीत ने कमाया नहीं। मनमीत ने 12वीं के बाद यहाँ आकर खूब मेहनत की और अपने आप को बड़ा ही अच्छा सिद्ध किया। उधर कृपाल बहुत ही अच्छी नौकरी में था। इस तरह इनके पास कमाने के जरिए में कोई कमी नहीं थी लेकिन उन्होंने अपने माँ-बाप की भावनाओं को पीछे कर नौकरी को आगे रखा जिसके कारण वह अपनी माँ से अंतिम समय में मिल नहीं पाया।

इसका अर्थ कहीं न कहीं यही निकलता है कि हम बदल गए हैं।आज जो हम अपने माँ-बाप को दे रहे हैं आगे भविष्य में वही हमें मिलने वाला

है। यह हम सब जानते हुए भी क्यों अनजान बन रहे हैं? इस तरह बसा बसाया हँसता-खेलता शहर बर्बाद होने लगा, बिल्कुल खाली सा पड़ गया। वहाँ खुशियों ने तो जैसे आना ही बंद कर दिया था। बस गुमसुम बुजुर्ग ही बैठे दिखते। यह बात सिर्फ एक गाँव की नहीं, न जाने कितने गाँवों को यह सोच वीराना कर गई, अपना वतन छोड़कर दूसरे देश को अपना घर कर गई।

कृपाल की माता के स्वर्गवास के बाद मनमीत काफी डर जाता है और वह अपने माँ-बाप को अपने साथ विदेश रहने के लिए मना लेता है।

क्या आपको जिंदगी में यह बदलाव कुछ अटपटा सा नहीं लगता?

कविता

बदलती नौजवान पीढ़ी

आज मेरा वतन खाली पड़ा है,

विदेश को मैं भरने चला हूँ,

सारे रिश्ते-नाते तोड़,

सात समुन्दर पार,

एक नई दुनिया बसाने चला हूँ।

न खबर है मेरी किसी को,

न मुझे किसी का पता है,

इतना बड़ा घर-संसार था,

सिर्फ तनहाई के बीच,

अब पल-बढ़ रहा हूँ।

सब कुछ छोटा कर दिया मैंने,

आंगन, माँ-बाप, भाई-बहन,

न किसी के बीच पढ़ा हूँ,

बस मैं ही हूँ, और पैसा है, जिसके लिए सब पिछला कायदा फाड़ चला हूँ।

कोई हँसी-मजाक न भाते,

न बच्चों को मौसी-मामा याद आते,

पड़ोसी के घर के जो आम, शहतूत खाए थे,

वह इतिहास मैं दफन कर आगे चला हूँ।

आगे बढ़ा हूँ, जिंदगी में मैं देखो कितना आगे बढ़ा हूँ

अपने वतन की मिट्टी छोड़,

विदेश की तरक्की में अब मैं आगे खड़ा हूँ आगे खड़ा हूँ।

इस तरह से यह जीवन 20-22 सालों में अपनी उच्चतम चोटी को छू रहा है। पता नहीं आगे क्या होगा? थोड़ी कल्पना करके इस बात पर ध्यान जरूर देना- जो बाहर चले गए और घर-गाँव को वीराना कर नौजवान पीढ़ी को भी अपने साथ खींच रहे हैं, अपने देश में इस बात का क्या नतीजा निकलेगा?

उधर रणबीर की किस्मत भी पलटा खाती है। नौकरी करते-करते 10-12 साल बाद इतनी तरक्की हो जाती है कि माइक्रोसॉफ्ट रेडमंड यूएसए से उसे कॉल आ जाती है। अब आगे क्या होगा?

आइए इस अध्याय को हम यही समाप्त करते हैं और एक नए बदलाव के साथ अगले अध्याय में प्रवेश करते हैं जहाँ रणबीर की खुशी का ठिकाना न रहा होगा, क्या होगा? उसके माँ-बाप भी अकेले रह जाएँगे? या वह साथ जाएँगे? या वह भी माँ-बाप को भूल जाएगा? या फिर जाना ही छोड़ देगा?

आइए! मिलकर इन सब प्रश्नों के हल अगले अध्याय में जानने की कोशिश करते हैं।

भाग 5:

बच्चों की और समाज की जिम्मेदारी

भाग 5:

बच्चों की और समाज की जिम्मेदारी

अब रणबीर को माइक्रोसॉफ्ट रेडमोंड से कॉल आती है। यह देखकर वह हक्का-बक्का रह जाता है। यह क्या, वह इतना खुश क्यों नहीं होता? यह वही लड़का है जो मनमीत की मम्मी की बातों से बहुत प्रभावित हुआ था कि यह दुनिया बहुत खूबसूरत है, देखने के लिए ही भगवान ने हमें इस जहान में भेजा है। इस बार उसे अपने माँ-बाप ही क्यों दिख रहे हैं? क्या चिंता उसे खाए जा रही है? माइक्रोसॉफ्ट की नौकरी के निमंत्रणपत्र को एकदम से ठुकराया भी नहीं जा सकता था। रणबीर भारी मन से निमंत्रण को स्वीकार करता है और मुंबई से उड़ान भरता हुआ यूएसए पहुँच जाता है।

कृपाल और मनमीत उसे बधाई भेजते हुए कहते हैं कि आज तेरा सपना साकार हो गया। तू जो बचपन से चाहता था वह तुझे आज मिल गया।

रणबीर मुस्कराते हुए उनकी बधाई को स्वीकार करता है। पर कृपाल रणबीर से कहता है कि तू खुश नहीं लग रहा।

रणबीर - कुछ अच्छा नहीं लग रहा..

मनमीत - तबीयत ठीक नहीं क्या?

कृपाल - घर की याद आ रही है?

रणबीर - सब कुछ अटपटा सा लग रहा है। जिंदगी खोखली सी लग रही है। ऐसा लग रहा है मानो जैसा मेरा कुछ पीछे छूट गया हो। कोई इंतजार कर रहा हो। कोई उदास हो। मैं यहाँ आ तो गया पर अपना मन इंडिया में छोड़ आया हूँ।

कृपाल - थोड़ा समय नई जगह के साथ समझौता करने में लगता है। तू आराम कर फिर बात करते हैं।

रणबीर - कृपाल मनमीत बाय यारों।

इस तरह रणबीर यूएसए आ जाता है। लेकिन कुछ खुश नहीं होता यहाँ आकर वह माँ को तीन-तीन बार फोन करता है। इस बात पर उसकी माँ भी हैरान होती है, लेकिन वह रणबीर को यही कहती है- "हम बहुत खुश हैं। तू दिल लगाकर काम कर और हमारी चिंता मत कर। खाने पीने पर भी ध्यान दे।" नौकरी के साथ-साथ वह माँ-बाप की चिंता भी करता रहता है।

अगली सुबह रणबीर भारी मन से ऑफिस के लिए तैयार होता है। ऑफिस के लिए टैक्सी पकड़ता है, टैक्सी के ड्राइवर एक सरदार जी होते हैं जो उसी के गाँव के होते हैं। उसे अपने गाँव के नौजवान से मिलकर बहुत खुशी होती है कि चलो कोई तो उसके गाँव का मिला। जब वह ऑफिस जाता है तो देखकर हैरान हो जाता है कि ऑफिस में आधे से ज्यादा लोग तो भारतीय हैं, उसको लग ही नहीं रहा था कि वह इंडिया में नहीं यूएसए में बैठा है। ऑफिस में अच्छे से काम करके जब वह घर वापस जा रहा होता है तो वह मार्केट में रुककर थोड़ा सामान की खरीदारी करता है और

वहाँ पर देख कर भी उसे बहुत हैरानी होती है कि उसकी तहसील के ही कुछ लोग वहाँ पर शॉपिंग मॉल में भी काम कर रहे हैं। खाना खाने बाहर होटल में जाता है तो वहाँ भी उसे अपने गाँव का ही एक दोस्त मिल जाता है जो उस होटल में वेटर का काम करता है।

रात को जब वह घर पहुँचता है तो उसे एहसास होता है कि एक ही दिन में मैं अपने पंजाब के ही कितने सारे नौजवान लोगों से मिल लिया। सब लोग उसी के गाँव के या गाँव के आस-पास के रहने वाले नौजवान लोग ही हैं जो अब विदेश में अपना घर बनाने के लिए आ चुके हैं।

हर रात उसे यही चिंता रहती है कि अभी तो मैंने सिर्फ 3 परिवारों की हालत देखी है एक की माँ नहीं, दूसरा माँ-बाप को ले गया और तीसरा बच्चा जो मैं पास था वह भी दूर आ गया। इस तरह न जाने कितने परिवार पंजाब में होंगे जो इस तरह की स्थिति से गुजर रहे होंगे। न जाने कितने बूढ़े इंसान घर की दहलीज पर बच्चों का इंतजार कर रहे होंगे। न जाने कितने माँ-बाप का जोड़ा टूट गया होगा और न जाने कितने मेरे जैसे नौजवान, ऐसे विदेश में माँ-बाप को छोड़कर आए होंगे। यह कितनी बड़ी और मुश्किल समस्या है?

इंसान क्या करे, क्या न करे? आगे पढ़े या न पढ़े? कमाने के लिए बाहर जाए या फिर गाँव की खेती बाड़ी संभाले? कभी-कभी मैं यह सोचता हूँ कि हर वस्तु पाई नहीं जा सकती। एक तरफ तरक्की होगी तो दूसरी तरफ परिवार का सुख होगा। दोनों को एक साथ पाया नहीं जा सकता। इतने बड़े ख्वाब ही क्यों लेने, जिन तक पहुँचा नहीं जा सकता। लोगों को लगता है जो विदेश गया, वह वहीं का हो गया, वह सब भूल गया। लेकिन ए दुनिया वालों! हर इंसान के अंदर भगवान ने दिल दिया है जो धड़कता है। अच्छा नहीं लगता ऐसे अकेले रहना। पैसा कमाना कोई आसान काम नहीं है, अकेलापन हमारी जान खा लेता है।

अब प्रश्न यह उठता है कि क्या सही है? गाँव में रहना या फिर दुनिया की चमक के साथ कंधे से कन्धा मिलाकर समाज को आगे बढ़ाने में योगदान देना। फैसला तो हमें ही करना होगा। एक म्यान में दो तलवारें नहीं रह सकतीं। फिर क्या उन बूढ़े माँ-बाप को अकेला छोड़ दें? कुछ तो उनके लिए भी करना होगा ताकि वे भी अपनी जिंदगी खुशी-खुशी बिता सकें। इस तरह हजारों बातें रणबीर के दिमाग में घर कर गईं। वह नौकरी करे या न करे इस दुविधा में वह काम भी अच्छी तरह नहीं देख पा रहा था और उधर कृपाल अपनी माँ के मरने का पश्चाताप अनुभव कर रहा था।

जैसे ही सोने के लिए रणबीर की आँख लगती है, इंडिया से पड़ोसी बंटी का फोन आ जाता है। रणबीर एकदम से घबरा जाता है कि इतनी रात में फोन कैसे आ गया? वह जैसे ही फोन उठाता है, बंटी उधर से झट से बोलता है -

"रणबीर भैया आप कैसे हो? यहाँ पर कुछ ठीक नहीं है। जब से आप गए हो अंकल-आंटी बिल्कुल गुमसुम से रहने लगे हैं। अंकल जी रोज अखबार पढ़ने बाहर आते थे, पर पिछले 3 दिन से वे अखबार पढ़ने भी नहीं आए। आज जब मैं आपके घर गया तो अंकल जी चलते-चलते नीचे गिर गए। मुझसे उनकी यह हालत देखी नहीं गई। मेरी आपसे यही विनती है कि आप जल्दी से यहाँ आकर उनसे मिल जाओ या उनको अपने साथ ले जाओ। बुरा मत मानना पर मुझे नहीं लगता कि वे आपके बिना ज्यादा दिन जी पाएँगे। मेरी बात का बुरा मत मानना पर मुझे यह सब देखकर अच्छा नहीं लग रहा। अभी उनकी तबीयत थोड़ी ठीक है पर आप मेरी बात को जरूर ध्यान में रखना, अच्छा फोन रखता हूँ।"

यह सुनकर मानो जैसे रणबीर के पैरों तले जमीन ही खिसक गई।

रणबीर कृपाल और मनमीत को फोन लगाता है, वह उन्हें पूरी बात बताता है। अपने गाँव जाने के बारे में भी सूचित करता है। कृपाल और मनमीत भी उसके साथ इस बार गाँव जाने के लिए तैयार हो जाते हैं। इस तरह तीनों दोस्त 2 दिन बाद ही पंजाब पहुँच जाते हैं।

भाग 6:

तीनों दोस्तों का दुबारा गाँव में आना

जहाज से उतरते ही वे राजपुरा की ट्रेन पर सवार हो जाते हैं। जैसे-जैसे वे अपने शहर के नजदीक पहुँचते हैं, उनकी पुराने दिनों की याद ताजा होने लगती है। एक नया एहसास उमड़ने लगता है। वे अपने पुराने दिनों को याद करके ठंडी साँस भरते हैं और चारों तरफ फैले हुए वृक्षों, नदियों, छोटी-छोटी दुकानों और कच्चे घरों को देखकर उनकी आँखें नम हो जाती हैं और वे कहते हैं- हम कहाँ गुम हो गए थे। इस तरह वह खुशी-खुशी अपने गाँव में प्रवेश करते हैं।

थोड़ा सा पहले मैं आपको एक बार अवगत करा देती हूँ कि-

रणबीर जो कि मुंबई की कंपनी से शिफ्ट होकर यूएसए गया था उसके पिताजी गिर गए थे और उसे अपने पिताजी को मिलने के लिए यूएसएस से इंडिया आना पड़ा।

कृपाल की माता का स्वर्गवास हो गया था और वह पश्चाताप की आग में अपने पिता से मिलने आया था।

मनमीत अपने माता पिता को विदेश लेकर गया था तथा अपने दोस्तों के साथ इंडिया आया था।

जब तीनों दोस्त अपने गाँव में पहुँचते हैं तो कृपाल अपने घर चला जाता है।

**मनमीत रणबीर के साथ उसके घर उसके पिताजी की तबीयत पूछने जाता है। दिन भर वे दोनों अपने पिताजी को अपने डॉक्टर के पास ले जाते हैं और टेस्ट करवाने में जुट जाते हैं।

रात को मनमीत अपने घर सोने चला जाता है। वह जब घर जाता है तो उसे बहुत अजीब लग रहा होता है। पूरा घर उसे खाने को दौड़ता है। वह महसूस करता है कि अगर एक दिन में मैं यहाँ अच्छा अनुभव नहीं कर रहा तो माँ-बाप का क्या हाल होता होगा। वे मेरे बिना यहाँ घुट-घुटकर जीते होंगे पर उन्होंने एक बार भी एहसास नहीं होने दिया जबकि मुझे पहले ही दिन इतनी घुटन हो रही है।

कृपाल जब अपने पिता को मिलता है तब वह फूट-फूटकर रोने लगता है और माफी माँगता है। बिना माँ के उसे सारा घर खाने को दौड़ता है। उसे घर की हर चीज में माँ की याद आ रही होती है। वह सोच लेता है कि अब वह अपने पिता को अकेले नहीं छोड़ेगा। इस बार वह पिताजी को अपने साथ लेकर विदेश जाएगा।

रणबीर अपने माता-पिता को मिलकर बहुत खुश होता है और मम्मी से कहता है कि मैं यहाँ मुंबई में ज्यादा अच्छा था, आप की खबर लेने तो आता था और आप लोगों को भी मुझे देख कर संतुष्टि हो जाती थी। मुझे लगता है कि मैंने यूएसए जाकर ठीक नहीं किया। इस तरह तीनों दोस्त अपने घरवालों तथा रिश्तेदारों को मिलते हैं और चार-पाँच दिन बाद वे अपनी पुरानी जगह पर मिलने की योजना बनाते हैं।

कृपाल मनमीत तथा रणबीर तीनों शाम को इकट्ठे होते हैं पर कोई भी खुश नहीं होता। तीनों के चेहरे उदास होते हैं। मनमीत कृपाल से उसकी उदासी का कारण पूछता है।

कृपाल- यार मैंने अपने पिताजी को बहुत बार मेरे साथ चलने को कहा पर वह बात सुनने को भी राजी नहीं है। पापा कहते हैं कि -“65 साल हो गए मुझे यहाँ रहते-रहते तुम्हारे सारे परिवार के बड़े बुज़ुर्ग चाचा, तायाजी, मौसी,

मामा और मामी यहीं रहते हैं। मैं सात समुंदर पार जाकर क्या करूँगा। तुम्हारी माँ भी अंतिम समय पर यहीं थी। मैं अपने वतन को छोड़कर नहीं जा सकता। मेरा अंतिम श्वास इसी मिट्टी में मिलना चाहिए। इसलिए तुम मेरी चिंता मत कर, तू अपना घर बसा कर अपनी जिंदगी अपने तरीके से जी। मुझे कोई नाराजगी नहीं है। मैं अपनी जगह पर बहुत खुश हूँ।"

रणबीर- यार मेरे माँ-बाप भी नहीं चलना चाहते। वे कहते हैं हमारी तो रोज की दवा-दारू का काम है रोज डॉक्टरों के चक्कर लगते रहते हैं। तू वहाँ हमें संभालेगा या अपनी नौकरी करेगा। अच्छा रहेगा तू शादी करके अपनी पत्नी को वहाँ ले जा और अपनी जिंदगी शुरू कर। हम दोनों एक दूसरे की देखभाल अच्छे से कर लेंगे। वैसे भी हम अपने वतन से बहुत प्यार करते हैं और इसे छोड़कर हम कहीं नहीं जाएँगे। इस तरह रणबीर और कृपाल ने यह अनुभव किया कि कोई फायदा नहीं ये लोग मानेंगे नहीं क्योंकि बुढ़ापा और बचपन एक जैसा होता है एकदम हठी-जिद्दी जो ठान लिया वही करना है। इस उम्र में किसी के ख्यालों को बदला नहीं जा सकता।

मनमीत- मैं भी अपने रिश्तेदारों के घर होकर आया हूँ सभी बुजुर्ग अपने घर पर ही खुश हैं वे बाहर की दुनिया को नहीं देखना चाहते और सब बुजुर्ग गांव में अकेले पड़े हैं सबके बच्चे बाहर नौकरी के लिए जा चुके हैं यह एक बहुत बड़ी दुविधा का बिंदु है। जितना आसान देखने में यह लग रहा है उतना ही मुश्किल है क्योंकि जिस तरह एक छोटा सा बच्चा अकेले घर में नहीं छोड़ा जा सकता ठीक उसी तरह इन लोगों को भी नहीं छोड़ा जा सकता। यह बुजुर्ग अवस्था है, आज दो बूढ़े इकट्ठे हैं, तो कल एक होगा। इसका नतीजा इतनी जल्दी अनुमान नहीं लगाया जा सकता। हाँ पर यह पक्का है कि यह समस्या कोई छोटी समस्या नहीं है क्योंकि बुजुर्ग आदमी को हर समय निगरानी की आवश्यकता होती है।

तीनों दोस्त इस तरह वार्तालाप करते हैं। इतने में कृपाल कहता है कि क्या ऐसा नहीं हो सकता कि भारत में कुछ बदलाव आ जाए, सरकार का इसमें हस्तक्षेप करना बहुत ही अनिवार्य है।

वह चाहे तो ऐसी बड़ी-बड़ी कंपनियाँ पंजाब में भी खोल सकती है और विदेश जाने पर भी नियंत्रण रख सकती है।

मनमीत- छोटे स्तर के कामों में भी बदलाव जरूरी है सब का वेतन कुछ स्तर तक निश्चित कर दिया जाए ताकि गरीबी को कुछ हद तक नियंत्रित किया जा सके और हर कोई दिल से नौकरी कर सके।

इसके अतिरिक्त कार्य है नागरिकों का ईमानदार होना।

इसके लिए सरकार को कड़ी से कड़ी सजा बनानी चाहिए - वह मंत्री का बेटा हो या किसी गरीब का सबको एक समान सजा मिलनी चाहिए। कानून सबके लिए एक ही होना चाहिए और.... और वह सख्त होना चाहिए ताकि कोई भी गड़बड़ी न कर सके।

कृपाल मनमीत से कहता है कि मैं तुम्हारी बात से बिल्कुल सहमत हूँ कि घर खाने को दौड़ता है लेकिन यहाँ पर मैंने एक चीज अनुभव की है वह है सोसाइटी का आपस में एकजुट होना। यहाँ पर लोग आपस में दिल से जुड़े हुए हैं इसलिए जब सुबह मैं उठा, मेरी बुआ सुबह-सुबह स्कूल जाते हुए मेरे पापा को मिलती गई और एक टिफिन खिचड़ी का देती गई और रात होते ही मेरे मामा मम्मी-पापा को मिलने आए। उन्होंने बताया कि तू चिंता मत कर हर रोज कोई न कोई सुबह-शाम एक दूसरे को देखने आ जाता है। इस तरह हम सब अपनी संभाल करते हैं और बहुत ही खुश हैं।

इतने में रणबीर कहता है जितनी दूर हम होते हैं और ज्यादा सोचते हैं तो टेंशन बढ़ती है, लेकिन हकीकत में यहाँ के लोग सत्संग से भी जुड़े हुए हैं और वे लोग भलाई की संस्थाओं से भी जुड़े हुए हैं तथा अपने समय को अच्छे कामों में लगाकर बिताते हैं।

कृपाल बोला मैंने तो यहाँ के लोगों के घर पूरे दिन की मेड भी देखी है। जो बच्चे विदेशों में हैं उन्होंने अपने माँ-बाप की सुविधा के लिए फुल डे मेड भी रखी है और इस तरह हरएक कोई न कोई अरेंजमेंट करके बैठा हुआ है।

इस तरह तीनों दोस्त यह बात समझ गए कि हमारे माँ-बाप जहाँ भी रहे लेकिन हमें अपने फर्ज से पीछे नहीं हटना। यदि वह यहाँ खुश है तो भी हमें बाहर रहकर इनके साथ संपर्क बनाए रखना है तथा हर तरह की सुविधा देने की कोशिश करनी है। साल में एक से दो बार चक्कर लगाना है तथा वहाँ के लोगों के साथ भी मिलकर ऐसी ही कम्युनिटी तैयार करनी है ताकि कोई भी पहले 5 किलोमीटर के दायरे में आए गाँव में से हर किसी का हाल पूछ सके और वहाँ बैठे बच्चे का हाल भी बता सके। इस तरह हमें अपने फर्ज निभाने हैं।

हमें समय-समय पर पैसा भी इनके पास भेजना है क्योंकि पैसा ही जीवन में महत्वपूर्ण भूमिका निभाता है, खाने-पीने के साथ-साथ दवा-दारू भी बुजुर्ग इंसान की आज की सबसे बड़ी जरूरत है। इसलिए हमें जागरूक होकर इनके प्रति अपनी जिम्मेदारी निभानी है। इस तरह तीनों दोस्त बातों द्वारा अपने आप को धीरज देने लगे। बातों ही बातों में उन्हें यह बात समझ आ गई कि अभी तो इस बात का इतना फर्क नहीं पड़ेगा कि शहरों में सिर्फ बूढ़े रह रहे हैं और नौजवान पीढ़ी धीरे-धीरे बाहर ही देश को अपना घर बनाती जा रही है। सब माँ-बाप अपने बच्चों को उनके

अनुसार वातावरण में ढाल रहे हैं लेकिन एक लंबे समय के बाद ही समझ आएगा कि इसका नतीजा भविष्य में बड़ा खतरनाक होगा क्योंकि माँ-बाप ने आसपास के लोगों तथा रिश्तेदारों द्वारा अपना बुढ़ापा संभाल लिया लेकिन एक समय के बाद यह सब ना रहेगा। बड़े बुजुर्ग भी खत्म हो जाएँगे तो आगे क्या होगा? बच्चे बाहर होंगे तो जमीन जायदाद कहाँ जाएगी? खेती-बाड़ी कौन करेगा? यही हमारे जीवन का आधार है। यदि किसान ही नहीं होगा तो इंसान खाएगा कहाँ से? खाली जमीनों को देखकर यहाँ पर भी बड़ी-बड़ी फैक्ट्रियाँ लगा दी जाएँगी। फिर उपज कहाँ से होगी? यह समस्या आज भले ही छोटी हो पर कल विराट रूप ले सकती है इसका सामना हर नागरिक को करना पड़ेगा। इसलिए बेहतर होगा इस समस्या को नजरअंदाज न करके आम नागरिक, सरकार सबको ध्यान में रखना चाहिए। इसे प्राथमिकता देते हुए देश के विकास की ओर ध्यान देना चाहिए।

कृपाल के पिताजी और रणबीर के माता-पिता अपने बच्चों को देखकर बहुत खुश होते हैं।उनको यह एहसास होता है कि हमारे बच्चों के अंदर हमारे दिए हुए संस्कार जीवित हैं और वे हमारे लिए चिंतित रहते हैं जो कि सकारात्मक बिंदु का केंद्र है, यह दर्शाता है कि हमारे बच्चों की परवरिश रंग ला रही है और वे बाहर रहकर भी हमारा और खानदान तथा अपने देश का नाम रोशन कर रहे हैं।

तीनों दोस्त पंजाब में 15 दिन लगाकर खुशी-खुशी माँ-बाप को मिलकर विदेश चले जाते हैं और हर साल वापस आने का वायदा भी करके जाते हैं।

चलिए मैं तो अपनी इस किताब को यहीं पर एक कविता की कुछ पंक्तियों के साथ विश्राम देती हूँ पर यह एक बहुत जटिल समस्या है जिस पर हमारा और सरकार का ध्यान जाना अति आवश्यक है ताकि हमारा भविष्य सम्भला रहे।

कविता

हमारे बुज़ुर्ग हमारी धरोहर

एक शहर बुजुर्गों का हमने समझा और जाना है,
जिसमें रह गए बूढ़े हमारे माँ-बाप,
बाकी सबका अलग-अलग ठिकाना है।

जाओ-जाओ पूछो उनसे, क्या अरमान तुम्हारे हैं,
क्यों गुमसुम हो गए?
क्यों आँखों में आँसू के भरे प्याले हैं?

बूढ़े कहते हैं- बच्चों की यादों ने मारा,

वो दिन पुराने, हमारे मयखाने हैं,

कोई न निकाले हमको उस दुनिया से,

हम बूढ़े उन यादों के दीवाने हैं।

ले आओ हमारे बच्चे वापस,

क्यों हुए वे आज बेगाने हैं?

गली चौबारे पर बैठ-बैठकर,

इंतजार करते वे बूढ़े हमारा,

क्योंकि हम उनकी आँखों के तारे हैं।

समझो बूढ़ों को, कुछ तो करो उनके लिए,

क्योंकि वे हमारे खजाने हैं।

सच कह गए संत पुराने, जो बीजा वो पाएँगे,

कर लो संभाल बूढ़ों की,

नहीं तो पीछे हम पछताएँगे।

हमारा भी कल आएगा,

क्यों न आज की संभाल करें,

इस खजाने को संभालकर,

क्यों न भविष्य का हम इंतजाम करें।

ये बुजुर्ग जीवन की शान हैं,

क्यों न इनको आबाद करें,

अपने माँ-बाप की सेवा कर,

क्यों न हम अपनी चौरासी पार करें।

उनके आशीर्वाद पर यह दुनिया टिकी है,

क्यों न उनको खुश कर,

हम अपना जीवन खुशहाल करें।

धन्यवाद।